EL BARCO DE VAPOR

# Lili, Libertad

## Gonzalo Moure Trenor

PREMIO EL BARCO DE VAPOR 1995

*Primera edición: mayo 1996*
*Octava edición: febrero 2001*

Dirección editorial: María Jesús Gil Iglesias
Colección dirigida por Marinella Terzi
Ilustración de cubierta: Alicia Cañas

© Gonzalo Moure Trenor, 1996
© Ediciones SM, 1996
  Joaquín Turina, 39 - 28044 Madrid

Comercializa: CESMA, SA - Aguacate, 43 - 28044 Madrid

ISBN: 84-348-5066-4
Depósito legal: M-502-2001
Preimpresión: Grafilia, SL
Impreso en España/*Printed in Spain*
Imprenta SM - Joaquín Turina, 39 - 28044 Madrid

# 1 Un día vi por la calle

algo que me dolió. Era una mujer que tiraba de la mano de un niño. El niño, que debía de ser su hijo, iba disfrazado de demonio y arrastraba el tridente por el suelo mientras lloraba ruidosamente.

No hay nada tan expresivo como la cara de un niño pequeño: la boca abierta en una mueca desesperada, los ojos apretados, la piel enrojecida por el esfuerzo... y qué gritos.

La madre me miró al cruzarse conmigo con auténtica angustia. Era evidente que el pobre niño estaba asustado de su propio disfraz y que su madre no sabía qué hacer. Yo le habría dicho muy a gusto que volviera a casa y le quitara el disfraz a su hijo. Seguro que otro día le apetecía disfrazarse de demonio, o tal vez no; pero lo que estaba claro es que seguir obligándole a ir al colegio con aquel disfraz era terrible para el pequeño.

No lo iba a pasar nada bien, y yo me lo podía imaginar perfectamente, en su clase, en un rincón, hipando y viendo que sus amigos se divertían con sus disfraces.

Pocos días después conocí a la directora de un colegio de pueblo. Yo había ido a su colegio para hablarles a los pequeños de leer y escribir, y estábamos charlando en su despacho de lo que les gusta y no les gusta a los niños. Entonces me acordé del niño disfrazado de demonio y se lo conté a la directora. Era una mujer joven y muy agradable, aunque algo tímida y reservada. Mientras le contaba la anécdota del niño, me miró de una forma tan extraña que me intrigó.

Cuando acabé, un poco confuso por su mirada, los dos nos quedamos en silencio.

—¿Va a comer aquí, en el pueblo? —me preguntó.

—Bueno, pensaba volver a casa cuanto antes —contesté.

Ella bajó los ojos, un poco contrariada. Me di cuenta

tarde de que se trataba del principio de una invitación. Así que intenté salir del paso como pude.

—Pero es porque no conozco por aquí ningún sitio agradable para comer.

—¿No? Bueno, hay uno que...

—Bien, yo...

Parecíamos tontos. Me daba cuenta de que había algo que ella quería contarme, y no hay nada mejor que escuchar las historias de los demás. Es cuando una persona empieza a ser importante para mí, cuando deja que se le vea el interior. Al final ella logró invitarme, o tal vez fui yo el que me autoinvité al olfatear una buena historia.

Pasé al salón de actos del colegio, charlé durante una hora con los chavales y me despedí de ellos sin estar seguro de que apreciaran más lo de leer y escribir. Luego volví al despacho de la directora.

—Aquí estoy —le dije.

—¿Vamos, entonces?

—¡Vamos!

Me la habían presentado, pero no recordaba su nombre.

—¿Cómo debo llamarla? ¿Directora?

Se rió, mientras acababa de recoger algunas cosas de su mesa. Después de volverse, me dijo:

—Da igual, tengo nombre de directora.

—¿De verdad?

—Me llamo Francisca.

Iba a ser cortés. «Es un nombre precioso», o «Qué va, es nombre de artista». Pero preferí ser sincero:

—Pues es verdad. ¡Es nombre de directora!

Yo tenía entonces un dos caballos azul. Mientras ponía en marcha el viejo motor del coche, ella lo descapotó con habilidad y rapidez, dejando que el sol nos entibiara las cabezas. El dos caballos se balanceaba por una carretera pequeña y la brisa traía todos los olores del campo: los buenos y los malos.

Recuerdo que ella dijo —o gritó, porque con la capota quitada había que levantar la voz para entenderse— que en el campo no puedes preferir unos olores a otros. Tenía razón: aspirar embelesado el olor de la hierba y torcer la nariz ante el del estiércol es una hipocresía.

—Sin estiércol no hay cosecha —dijo ella.

Pensé en la frase hasta que llegamos al sitio en el que íbamos a comer. Sin estiércol no hay cosecha.

El sitio era único. Uno de esos lugares que uno no

puede encontrar jamás sin conocer la zona: una casa normal, en la que nada, salvo algunas cajas de bebidas apiladas junto a la puerta, anunciaba su condición de restaurante. Era una pequeña casa de campo, con dos árboles delante y un gran bosque detrás. Salió a recibirnos la dueña y decidimos quedarnos a comer fuera, disfrutando del sol, a pesar de que no hacía mucho calor.

—¿Lo nota?

Francisca aspiraba el aire.

—Lo noto.

Todo estaba en el aire: el olor profundo del estiércol, pero también el aroma fresco de la hierba cortada, de la tierra húmeda.

Ella se quedó en silencio, con los ojos cerrados bajo el sol, y yo la estudié. El cargo de directora tal vez la abrumara un poco. Un colegio es una ciudad en la que los problemas de tráfico y aparcamiento, de basuras y alcantarillas, ocurren en las cabezas. Ideas mal aparcadas, asignaturas embotelladas, malos humores atascados en las tuberías de los profesores...

Nos trajeron la comida sin apenas preguntarnos. Era una casa sencilla en la que daban de comer su propia comida, y ése era su atractivo. Allí se comía lo que se cultivaba. *Verduras recogidas de la tierra una hora antes, huevos de gallinas con nombre, queso de leche de vaca vecina...*

—*Eso que ha contado...* —*dijo Francisca por fin.*

—*¿Eso?*

—*Lo del niño disfrazado que lloraba.*

—*Ah.*

—*Me ha recordado algo que también me contaron.*

*Me quedé en silencio. ¿Así dirigía su colegio? ¿Con aquella dulzura silenciosa? Me hubiera gustado ser su alumno. Perderme en mañanas somnolientas en los recovecos de sus explicaciones, oler los lápices y las gomas en sus dictados, mancharme de todos los colores para pintar su campo, sus casas de comidas escondidas en el bosque, sus gallinas con nombre y sus vacas vecinas.*

—*¿Por qué no me lo cuenta?*

—*¿No le aburriré?*

—*Siempre tengo esto* —*señalé el plato.*

*Ella contestó con una sonrisa. Bebió un poco y volvió la cabeza un instante hacia atrás. Casi todo el mundo suele hacerlo, sin darse cuenta, cuando habla del pasado.*

—*Es la historia de una niña, de modo que hay cosas*

*de esta historia que sólo podría comprenderlas otro niño.*

*Estaba de acuerdo, y se lo dije:*

*—Vemos a los niños, lo que hacen, oímos lo que dicen, pero jamás podremos saber lo que piensa un niño. Si «viéramos» lo que piensa un niño, quedaríamos tan deslumbrados que en realidad no veríamos nada.*

*Me miró sin responder. Volvió a beber un pequeño sorbo y comenzó a hablar.*

## 2  *Era una niña que se llamaba Libertad,*

pero que podía haberse llamado Soledad. Sus ojos redondos y poco alegres, su flequillo negro y su melena lacia, su cuerpo tan delgado y pequeño como el de un colibrí, la expresión de su cara que parecía estar siempre preguntando algo triste, hubieran hecho que Soledad fuera un buen nombre para ella. Pero se llamaba Libertad y la llamaban Lili. Los que la llamaban de alguna forma, porque, además, Lili vivía sola con su madre en una ciudad que era nueva para las dos y en la que no conocían a casi nadie. Su madre había aceptado un trabajo en la ciudad menos de dos años antes, después de separarse del padre de Lili.

La ciudad le gustaba tan poco a Lili, que en su interior la llamaba Sopasosa. Ella venía de una ciudad costera, con olor a sal y a flores, y su nueva ciudad le parecía gris, ruidosa y llena de humo: Sopasosa. Habían alquilado un pequeño ático junto a la estación de autobuses y al entrar y salir del portal había que cruzarse con gente desconocida, desequilibrada por el peso de bolsas y maletas. A Lili aquella estación no le parecía la antesala de ningún viaje maravilloso, sino la antesala de Sopasosa.

Su madre no hablaba mucho con Lili. Su trabajo, en un instituto de Formación Profesional, le resultaba complicado y difícil, después de varios años de matrimonio en los que había abandonado la profesión, y ahora tenía que recuperar el tiempo perdido leyendo gruesos libros y llenando libretas y cuadernos de notas.

Lili se tumbaba a jugar en la alfombra, cerca de ella, y de vez en cuando su madre le acariciaba la cabeza. Lili recibía aquellas caricias como auténticos acontecimientos. La mano de su madre era fresca y de dedos largos, con pequeñas venas azules en el dorso y dos anillos de oro como único adorno. La mano penetraba en su pelo como una ola en la arena y Lili dialogaba con sus dedos y sus uñas. Entendía lo que le decían cuando rascaban su piel, cuando se enredaban en las raíces de su pelo. A veces Lili lloraba en silencio, porque lo que le decían los dedos y las uñas era triste y melancólico. Otras veces sonreía, porque, por el contrario, lo que le decían era alegre y optimista.

Lili iba a un colegio nuevo en el que todavía no tenía amigos. El primer año había ido a otro grande y viejo, en el que la habían aceptado provisionalmente. Luego habían encontrado uno para ella. Era una casa cuadrada, de dos pisos, con un jardín de árboles presos.

Un jardín de árboles presos, pensaba Lili, porque algún día habían sido plantados en la tierra, y hasta puede que en la hierba, pero ahora habían echado cemento a su alrededor y los troncos luchaban contra él, sin mucha fuerza ya, agotados y un poco aburridos de vivir. Además, en otoño los habían podado antes de que cayeran las hojas, para evitar tener que barrer las hojas muertas, de manera que a los pobres árboles, y a los niños, les habían robado el otoño.

En su clase había dos niños que a Lili le gustaban especialmente. Uno era gitano. Se llamaba Héctor y tenía la piel más bonita que Lili había visto nunca: gruesa, tersa, morena y con una especie de luz interior. Héctor era muy alegre, tenía una pequeña cicatriz en el labio superior y una sonrisa preciosa. Estaba muy orgulloso de su raza y se sabía todas las canciones de un cantante que se llamaba Camarón de la Isla. Héctor decía: «Yo estoy huérfano del Camarón».

Y Lili, como no captaba la sutileza de aquel «estoy» en lugar de «soy», creía que de verdad era hijo del cantante, y por eso le admiraba aún más. Algunos días Héctor llevaba una camiseta negra en la que se veía un retrato de Camarón. No se parecía a Héctor, pero en su expresión había caminos dulces y lunas llenas. Eso le parecía a Lili.

La otra niña que le gustaba era Pepa. Era gorda sin complejos, muy simpática y alegre, con ojos redondos y azules, y tenía el pelo muy rizado y rojo, como el sol poniente. Lili se sentaba detrás de ella y en sus rizos leía palabras. Era un fenómeno extraño que dependía del humor de Pepa. Primero Lili veía las letras, hasta que las letras se juntaban y se leían palabras. Lili, en su interior, la llamaba Pepalabras. Una vez el profesor había estado riñendo a Pepa: No sabes esto, no sabes aquello, no estudias nada, no haces más que comer y de estudiar nada, cómo no vas a estar gorda... Entonces Lili vio cómo iban apareciendo las letras en los rizos de Pepa hasta que leyó:

*Tururú*

Lili se rió y el profesor acabó castigándola a ella. Nadie más parecía ver las palabras en el pelo de Pepa.

En los recreos, Lili jugaba a la pelota con los demás o se sentaba en un banco debajo de un árbol preso, pero era demasiado tímida para dirigirse a Pepalabras, y mucho menos a Héctor, así que no hablaba con nadie.

Su madre se lo preguntaba.

—¿Qué tal en el cole? ¿Tienes amigos?

Lili le decía que sí. Imaginaba su amistad con Pepa y con Héctor y no le costaba mucho decirle a su madre que tenía dos amigos, dejándola tranquila. Una vez había estado a punto de contarle la verdad, pero no quiso añadirle más preocupaciones; bastante tenía con sus libros enormes y con aquella frase que repetía a menudo:

—El instituto es un mundo de lobos.

Lili pensaba en el instituto de su madre y se la imaginaba en un bosque con niebla, acechando los aullidos de los lobos en la oscuridad.

*—Tenemos naranjas de postre —dijo una voz, interrumpiendo el relato de Francisca.*

*Era la dueña de la casa de comidas. No la habíamos oído llegar, porque Francisca contaba la historia de Lili con tanta intensidad que yo casi había olvidado dónde estaba.*

—Son pequeñas y feas, pero son de nuestra huerta. Les aseguro que no las hay más dulces.

—Naranjas —dijimos los dos a la vez.

Y nos reímos por la coincidencia.

—Filipinas para mañana —dije.

—¿Filipinas? —preguntó ella.

—Es un viejo juego de niños. Si coincides al decir lo mismo al mismo tiempo, se dice: Filipinas para mañana. Gana el que al día siguiente dice antes: «Filipinas de ayer».

—¿Y si lo dicen los dos al mismo tiempo?

—¡Filipinas para mañana!

Rió. Me gustó su risa. Venía de lejos, de muy atrás. Cuando se apagó su última risa, partió un pequeño trozo de pan y se lo llevó a la boca. Luego siguió hablando.

## 3 *La preparación del carnaval*

de aquel año, en el colegio de Lili, fue muy intensa. Alguien, seguramente el director del centro, había decidido que era «una ocasión perfecta para que los niños pusieran en práctica su imaginación».

El maestro de la clase de Lili, don Mauricio, lo anunció sin mucho entusiasmo:

—El lunes tenéis que venir todos disfrazados.

No era un mal profesor. Ni tampoco bueno. Digamos que hacía tiempo que había dejado de creer en su profesión, y que se limitaba a cumplir con su deber. Hubo un tiempo, muchos años atrás, en el que pensaba que enseñar a los niños era el oficio más maravilloso del mundo. Pero poco a poco su entusiasmo se había ido apagando.

No habían tenido la culpa todos sus alumnos, sino los imposibles, los resabiados, los insolentes o los, simplemente, complacidos en su ignorancia. Y muchos de sus padres: soberbios, ciegos, sordos, empeñados en que su hijo no era como decía el maestro que era, en que su hijo tenía razón, en que su hijo no decía nunca mentiras... Y la última llamita la habían apagado a soplidos, años atrás, los directores convencidos de que dirigir es mandar, los jefes de estudios incapaces de estudiar otras posibilidades, otras opiniones.

El maestro, don Mauricio, al que los niños llamaban secretamente don Maullido porque su voz era triste y monótona, había dejado de luchar contra tantos golpes y se limitaba a aplicar el programa y la disciplina. «Programa y disciplina», decía en la sala de profesores. Y lo hacía cumplir en su clase. Así se convencía de que la culpa de sus fracasos era de otros, y él dormía tranquilo. Pero de vez en cuando en sus ojos cansados brillaba el maestro que había querido ser: innovador, abierto, capaz de ilusionar a los niños con el estudio, la vida y el futuro.

—Tenéis toda la semana para preparar el disfraz.

La noticia causó una verdadera conmoción en los pupitres. ¡Disfrazarse! Don Mauricio les explicó que en el disfraz está el ansia de libertad de las personas, de ser otro, y que disfrazarse es bueno para quitarse los complejos y los miedos.

—Tenéis una semana para pensar en lo que os gustaría ser, en lo que de verdad querríais ser en esta vida. Y para haceros el disfraz, claro. Podéis comprar el disfraz, pero también lo podéis hacer en casa, con ayuda de vuestros padres, o también os podéis juntar varios y formar un grupo.... ¡Lo que queráis!

Sonaba bien. Sonaba maravillosamente divertido. Don Mauricio dejó de ser don Maullido, y todos acudían a él, durante el resto del día, a consultarle lo que podían y no podían hacer.

Todos menos Lili. Se había quedado paralizada por el terror. ¡Disfrazarse! Le asustaba la alegría que se había apoderado de sus compañeros, las risas y las bromas que se extendían como una ola, pero sin tocar ni uno de sus cabellos. Se había quedado inmóvil, en su pupitre, clavados los ojos en su libreta, y apenas pudo escribir: Disfraz.

¿Disfraz? Claro que a ella le hubiera gustado disfrazarse. De bailarina, por ejemplo. Muchas veces creía que su nombre, Libertad, era una llamada a la libertad del viento, y soñaba con ser una bailarina que un día imitaría el movimiento del viento encima de un escenario. Sola, en el escenario desnudo, vestida con unas mallas negras y el pelo recogido en la nuca. Avanzaría debajo de los focos, sus manos serían las hojas del bosque acariciadas por la brisa, la música subiría de tono, vertiginosa, y ella sería llevada por el viento sin apenas esfuerzo. Lili, Libertad, volando por encima del escenario...

¡Disfrazarse de bailarina! Le gustaría compartir la idea con alguien, pero... Lili miró a su alrededor. Todos hablaban, excitados, de lo que iban a ponerse. Algunos grupos cuchicheaban entre sí, por lo que no era difícil suponer que se iban a disfrazar en grupo. Lili se quedó quieta. El pensamiento se le nubló. Como en una tormenta. Negras nubes llenas de truenos.

«Ojalá», se dijo, «ojalá no hubiera fiesta de disfraces».

Su madre la estaba esperando en la parada. No siempre estaba allí, sólo cuando coincidían sus horarios. Pero ese día la vio desde el autobús. Le hizo una seña a Lili con la mano, sonriendo. Lili bajó del autobús y anduvo hacia ella, sin correr. «Mamá», pensaba, «el lunes tenemos que disfrazarnos». Se disponía a decirlo, pero su madre la interrumpió:

—¿Todo bien?

—Sí.

Lili la vio inclinarse, sintió sus labios en la mejilla, y agarró su mano con fuerza, casi con violencia. Su mano. Era todo lo que necesitaba. «Mamá, me tengo que hacer un disfraz». Pero no dijo nada. Los niños, los demás niños que habían bajado del autobús, lo estaban diciendo por ella. Hablaban

25

entre ellos o con quien les había recogido en la parada, y la palabra era disfraz: disfraz, disfrazarme, disfrazarnos, disfrazados, disfrazaremos...

Estaba inmóvil delante de su madre. Una espera de un segundo, pero de un segundo muy largo.

—¿Vamos?

Asintió con la cabeza. Miraba a su madre y esperaba que le preguntara: ¿De qué disfraces hablan? No era pedir un milagro. Pero su madre caminaba tirando de ella.

—¿Has comido bien?

—Bien.

Se perdieron entre la gente, por las aceras. Ya nadie hablaba de disfraces.

En casa, las cosas no mejoraron.

—¿Tienes deberes?

Negó con la cabeza. No hablaban mucho, nunca.

«Mamá», pensó Lili, «pregúntame, háblame, ¡tócame!».

Era su último refugio. La mano de su madre, como una ola en la arena de su pelo; sus uñas, rascando la piel de la cabeza. Se lo diría a través de la piel. ¿Por qué no se atrevía a decirlo con su

voz? «Qué tontería», pensaba. «Dilo, Lili, dilo».
Pero seguían en silencio.

Su madre puso música.

—¿Quieres ver la tele?

—No.

No le gustaba la televisión. A veces miraba por
la ventana y en la casa de enfrente solía ver a un
niño que miraba la televisión todo el tiempo. Sentado en la alfombra, en el sofá, incluso de pie. Le
parecía que el niño estaba allí siempre, y se imaginaba que tenía los ojos cuadrados, como pequeñas pantallas.

Al final se sentó con un libro debajo del sofá,
muy cerca de su madre. «Mamá, tengo que hacer-
me un disfraz». Era tan fácil...

La mano de su madre llegó como siempre, tibia
y fresca a la vez, con el ligero rastro del olor de su
colonia. Uñas duras, dedos fríos, tan habladores.
Ras, ras.

—¿Cenamos?

¿Cuánto rato habría pasado? Se había hecho
completamente de noche y de la calle llegaba el
murmullo de siempre, los autobuses entrando y

saliendo de la estación, un bocinazo breve, el bufido de los frenos. Lili se levantó detrás de su madre y se asomó a la ventana. El murmullo de siempre parecía decir: «Nos disfrazaremos, nos disfrazaremos, nos disfrazaremos».

No hablaron. Lili se refugió en su mundo y su madre apenas se dio cuenta de que algo pasaba en la mente de su hija. Pero la mayoría de estas situaciones se resuelven igual: «¿Te pasa algo?». «Nada».

Los días de la semana pasaban como centellas y Lili asistía a su pequeño desastre paralizada. A su alrededor la preparación de la fiesta de carnaval alcanzaba el punto más alto y sus compañeros ya no parecían tener dudas sobre su disfraz, ni sobre lo bien que se lo iban a pasar el lunes. Lili seguía esperando que Héctor o Pepa se acercaran a ella y le preguntaran: «¿Y tú?». Tal vez eso la hiciera despertar. Estaba a tiempo, puesto que tenía todo el fin de semana por delante. «Un disfraz», pensaba Lili, «no es más que un pequeño detalle que te hace distinto por un día». Pero ella hubiera querido ser completamente distinta para siempre.

Tampoco durante el fin de semana se atrevió a decirle nada a su madre. Los sábados solían salir a dar un paseo, a visitar un pequeño mercado que se montaba en el parque, y en el que cada cual vendía lo que quería, o lo que podía. A Lili y a su madre les gustaba curiosear en aquellos modestos puestos, a veces nada más que una manta en el suelo, en los que la gente vendía las cosas más diversas. Unos vendían objetos hechos con sus manos: pulseras de cuero, collares, pendientes, adornos... Otros traían mercancía barata, de la de «todo a cien». Pero algunos pobres hombres se limitaban a ofrecer objetos de su casa: maquinillas de afeitar usadas, tebeos viejos, discos con las fundas rotas...

Su madre siempre les compraba algo:

—¿Te gusta eso?

«Eso» podía ser una pequeña muñeca india, un adorno para el pelo, un estuche de lápices viejo que aún olía a goma de borrar y a tinta.

Aquel sábado Lili dijo «no». No, no y no. Con la cabeza, apenas murmurando: «No». Quería un disfraz. Nada más que un disfraz. Sentía que era absurdo, sin conocer siquiera la palabra «absurdo», que definía tan bien lo que pensaba. Quería decirle a su madre que tenía que disfrazarse el lunes, pero quería que fuera su madre la que lo dijera. ¿Y cómo podía hacerlo? Nunca había sentido algo tan contradictorio.

Acabaron su paseo por el rastrillo sin comprar nada para Lili. Su madre se llevó un viejo ejemplar de tapas arrugadas de *Cumbres Borrascosas*, una novela en cuya portada se podía ver a una pareja inclinada por el viento y... besándose.

—Algún día la leerás. Ya verás qué bonita.

La mujer de la portada llevaba un traje largo, de falda muy amplia, que el viento parecía ir a arrancarle. ¿Era también un disfraz? ¡Cumbres borrascosas! Lili no sabía qué quería decir. Sonaba terrible, imponente, pero no tenía ni idea de lo que quería decir.

—¿Qué quiere decir?

—Es el nombre de una casa: Cumbres Borrascosas. Cumbres son lo alto de las montañas, o de las colinas. Y borrascosas... es cuando hay tormenta.

La explicación fue aún más oscura que el nombre: ¿una casa o unos montes? Pero le hizo pensar a Lili en sus padres, cuando aún vivían juntos los tres. Ellos también se besaban. Le gustaba verlos cerca, hacía que se sintiera segura. Pero luego también su casa podía haberse llamado *Cumbres Borrascosas*. Por lo menos había tormentas. Su padre hablaba mucho, siempre estaba contento, de broma. Aquello irritaba a su madre, y discutían.

¡Papá! Los domingos venía desde su querida ciudad de playa y flores, para ver a Lili. Llamaba al timbre y allí estaba él, con un regalo envuelto en papel de colores. Se iban los dos, comían en sitios divertidos, se reían, iban al cine a primera sesión y devoraban palomitas. «¡Se lo diré a papá!», pensó Lili. Con él era fácil hablar. Se podía hablar de todo y nunca pasaban más de un minuto en silencio. Su madre solía decir, cuando aún vivían juntos: «Es mareante». Pero a Lili no le mareaba. Aturdirla, tal vez, porque no estaba acostumbrada.

Dejó pasar el sábado preguntándose si tendría todavía tiempo para preparar el disfraz. Se lo diría a su padre por la mañana, pero no regresarían hasta bien entrada la tarde. Se imaginó la escena: «Tu hija quiere disfrazarse, tiene que disfrazarse para mañana, porque hay una fiesta de disfraces en su colegio».

«¿Y por qué no me lo has dicho?», preguntaría mamá.

¿Por qué? ¡No lo sabía! Pero habría tiempo. «Mamá», pensaba Lili, «es así: tarda en darse cuenta de las cosas, pero luego...». Haría un disfraz precioso. El más bonito.

Sonó el teléfono. Sólo podía ser la abuela Valeriana, que solía llamar los domingos por la tarde, cuando cerraba su vivero de plantas aromáticas. Pero Lili supo, por cómo se volvió de espaldas su madre al empezar a hablar, que no era la abuela.

—Era tu padre.

Sonaba mal. Si decía «papá», la cosa iba bien. Pero cuando decía «tu padre», como si no fuera con ella, solía querer decir: malas noticias. Cumbres borrascosas.

—No puede venir mañana.

Bum.

—Se le ha estropeado el coche, está con gripe y tiene una visita.

¿Y qué más?

Lili se encerró en su habitación. Luego, apenas cenó. Se sentó delante del televisor y dejó de pensar hasta que tuvo sueño.

El domingo llovió. Lili se tumbó en el suelo de su habitación y llenó hojas y hojas de su cuaderno de dibujo. Si su madre se hubiera sentado en el suelo junto a ella, si hubiera mirado con atención los dibujos de Lili, tal vez habría logrado ver en ellos a una bailarina que saltaba sobre un escenario, libre como el viento, con el pelo recogido y el rostro convertido en brisa. Hubiera sido un buen principio para una buena conversación.

Pero no lo hizo. No miró la libreta de dibujo de Lili. Y no hubo conversación.

*Francisca, la directora, se quedó en silencio. Hacía rato que habíamos acabado de comer y el sol había dejado de calentar. Al caer el sol, el aire empezó a mover* el mantel de la mesa que la dueña del restaurante había preparado para nosotros fuera, entre los árboles.

Llegué a pensar que la historia acababa allí, con el silencio entre la madre y la hija. Pero los ojos de Francisca estaban lejos. Seguían en el interior de aquella historia triste que tanto la conmovía. Había logrado que llegara hasta mí la misma desolación por el silencio tan absurdo que se había instalado entre una niña y su madre.

—¿Tiene frío? —pregunté.

—Un poco.

—Podemos pasear.

—Me parece perfecto.

Se empeñó en pagar la comida, como agradecimiento por mi trabajo con los niños. Después nos adentramos en el pequeño bosque, evitando pisar la basura que otros habían dejado allí.

—Vienen a disfrutar del campo y dejan sus botellas en él. No lo entiendo.

Era una forma de darle conversación, pero Francisca seguía con la mente en su relato. Sonrió, ausente, y se arrebujó en su abrigo.

Después siguió hablando.

## 4  *El día de la fiesta de disfraces*

Lili se despertó muy temprano. En realidad apenas había dormido, y abrió los ojos del todo cuando el murmullo de la calle comenzó a crecer en intensidad.

Al abrirlos vio que todavía estaba oscuro. Encendió la luz de su mesa de noche. A su alrededor todo estaba inmóvil. Muñecas, peluches, juguetes, dibujos..., todos estaban allí, cubiertos con las sábanas oscuras de la noche, y ahora, a la luz de la lámpara, esperando a que ella los pusiera en movimiento. A veces pensaba que todos aquellos objetos tenían su propia vida, como en los cuentos y en las películas. Podía soñar que aquella mañana estuvieran aguardando a que ella se despertara, que le ofrecieran un disfraz en sus manos de trapo. Pero eso era en los cuentos.

Lili se levantó. ¿Por qué no disfrazarse? Allí, en su armario, estaban las mallas negras. Y las zapatillas de ballet, de raso y con largas cintas, que le había regalado su padre. Podía ir al cuarto de baño, subirse a la banqueta, coger los polvos y el lápiz de labios de su madre, pintarse ella misma la cara, hacer lo mismo con los ojos, recogerse el pelo en una cola...

Pero sabía que no lo haría. No era que tuviera miedo, es que seguía sintiéndose tan paralizada como los muñecos y los peluches. Ellos necesitaban sus manos para moverse. ¿Y ella? Las de mamá; su voluntad, su impulso, su fuerza.

Abrió la ventana. En el edificio de enfrente había una ventana iluminada. Tras la cortina se entreveía de vez en cuando alguien. Lili imaginó que era un niño.

«Asómate, asómate», le decía mentalmente. «Si te asomas y vas disfrazado, yo también lo haré».

Cerró los ojos, los apretó con fuerza: «Asómate, asómate».

Abrió los ojos. Y allí estaba. Una sombra pálida en la ventana. Pero no era un niño. Era un anciano; se ponía una camisa blanca sobre una camiseta de tirantes, y tal vez levantaba la vista y veía una pequeña en pijama, mirando hacia ella desde su ventana tenuemente iluminada.

—¿Lili? ¿Ya estás despierta?

¡Ahora! «¡Mamá, mamá, tengo que disfrazarme!».

—Sí.

—Dame un beso, ¿te encuentras mal?

Negó con la cabeza. Sintió su pelo lacio moviéndose en el aire y pensó en la elegante cola de caballo que no se iba a hacer.

Desayunaron juntas, como siempre.

—¿Va todo bien?

—Sí.

—Lili...

—¿Sí?

Mamá en silencio. Mirando al fondo de sus ojos. Ahora, ahora. Mamá mirando su reloj, dejando un trozo de tostada de pan integral sobre el plato.

—¡Dios mío, qué tarde!

Bajaron juntas en el ascensor. Su madre aprovechó el medio minuto para abrir un libro y repasar algo. Sus labios se movían. Diez segundos más, pensaba Lili, y sería ya completamente tarde.

A veces su madre la acompañaba hasta la parada. Quedaban menos de cien metros. Otras veces... tenía prisa. Miró hacia Lili, luego su reloj, y sacudió la cabeza con un gesto de fastidio.

—Un beso.

—Mamá...

—Sí.

Le dio el beso en la mejilla. Su madre sonrió.

—Pórtate bien. Y come.

Era un reproche habitual por lo pequeña que era: «Eres como un suspiro». Su padre hubiera dicho: «Come o...», y habría hecho un gesto con la mano, imitando algo que vuela por el aire. Se trataba de una vieja broma: «Come, Libertad. O te pasará lo que a Periquito Sarmiento, que estaba ejem ejem y se lo llevó el viento».

Se separaron. Lili vio a su madre desapareciendo entre la gente. Luego anduvo hacia la parada pegada a la pared, tratando de desaparecer ella también. Pronto vio los primeros signos del desastre: otros niños que también esperaban el autobús. Disfrazados, claro. La parada parecía un circo, y los niños, los artistas. No es que hubiera mucha animación; mientras avanzaba hacia ellos con su anorak azul y su mochila, Lili se dio cuenta de que se espiaban unos a otros con recelo, comparando sus disfraces un poco de reojo, soltando risitas histéricas.

Pero al verla a ella, todo cambió:

—¡Eh! ¡Eh! ¡Lili no lleva disfraz!

El primer grito fue como el disparo que provoca la avalancha, y la montaña de nieve de abucheos y risotadas cayó encima de Lili.

—¡Buuuuuu! ¡Ésta va sin disfraz!

—¡Mírala!

—¡Pringadilla!

—¡So rollo! ¡Hoy toca disfraz!

Lili sintió una bola de fuego subiéndole desde el pecho hasta las mejillas. Los ojos se le irritaban, pero resistió la tentación de frotárselos con la mano; sorbió las lágrimas y siguió andando.

Sentía que sus pies se negaban a caminar, que parecían querer volver a casa, pero se dijo a sí misma que era ella la que mandaba sobre sus pies y que no echaría a correr de vuelta a casa, por mucho que se burlaran de ella.

Cuando llegó el autobús, la noticia subió a bordo a la velocidad de un incendio en una gasolinera; por las ventanillas asomaban indios, vaqueros, girasoles, hombrecitos verdes, dinosaurios y ositos, apuntando con sus dedos, sus pistolas y flechas, sus garras y ramas hacia Lili, y repitiendo aún más fuerte el abucheo:

—¡Esa niña no lleva disfraaaaz!

Lili subió la escalera del autobús como se sube la del trampolín más alto de la piscina la primera vez.

Se sentó al lado del conductor porque era el único que tampoco llevaba disfraz. Él la miró y le guiñó un ojo.

Lo malo del sitio que escogió Lili en el autobús era que en cada parada los demás niños, disfrazados todos y cada uno de ellos, pasaban a su lado y la miraban como se mira a un bicho raro, para unirse inmediatamente al coro de burlones.

La llegada al cole fue aún peor, porque había que atravesar la puerta de barrotes, que ya era bastante estrecha de por sí si no se abría del todo, pero que era estrechísima para la única niña del colegio que iba sin disfraz.

—¡Uuuuuuuh!

—¡Mírala!

—¡Sosa!

—¡S'ha rajao!

Lili avanzó, la cabeza gacha, las puntas de las orejas ardiendo, agarrada tan fuerte a las correas de la mochila que los dedos le dolían.

Pero lo que más le dolía era no tener un solo amigo al que acercarse. Ahora reprochaba a sus padres, más que nunca, su separación, el cambio de ciudad y de colegio. Subió las escaleras del primer piso, avanzó por el pasillo sin hacer caso de las burlas que iba levantando a su paso, empujó la puerta de la clase, se dirigió a su pupitre y se sentó en él. Abrió un cuaderno y dejó que el bolígrafo corriera por la página en blanco, libremente. Le parecía que escuchaba el roce de la punta del bolígrafo, como un rugido, y así dejaba de oír a los demás niños.

De pronto escuchó la voz de Pepa, su compañera del pelo lleno de palabras.

—Hola.

Tímidamente, levantó los ojos de la libreta.

Pepa iba disfrazada de árbol.

—Soy el otoño —dijo. No había reproche en su voz, ni burla, ni desafío hacia Lili. Sólo eso: era el otoño.

El traje de trozos de corcho pegados sobre una tela verdosa representaba el tronco de un árbol, y su melena roja, más rizada que nunca, era como la copa. Tenía hojas secas de verdad pegadas en el pelo, las mejillas y los brazos. En general parecía un árbol majareta y simpático, no el otoño.

Pepa sonreía a Lili. No se reía de ella, sólo sonreía y la miraba con curiosidad. Cuando se volvió de espaldas, a Lili le pareció que su pelo estaba lleno de interrogaciones.

Don Mauricio llegó a la clase encantado. Se había disfrazado él también, y había escogido un disfraz de guardia urbano; con un casco blanco, antiguo; un abrigo largo, azul, lleno de botones plateados, y una porra blanca que le colgaba del cinturón. Se había puesto un bigote postizo y se había coloreado las mejillas con colorete, muy fuerte, como un payaso.

—¡Huyuyuy, qué dinosaurio tenemos aquí aparcado! Le vamos a poner... ¡una multa!

Pero repentinamente se puso serio y achicó los ojos. Acababa de descubrir a Lili. Sin pensarlo, se llevó el pito de guardia urbano a los labios y pitó tan fuerte que taladraba los oídos.

Los niños, al oír el silbato, ensordecedor en el aula cerrada, gritaron también.

—¡Libertad! —tronó la voz de don Mauricio por encima del estruendo.

Lili levantó la cabeza en su pupitre.

—¿Pero qué haces que no vas disfrazada?

Lili no respondió. Pensaba en su madre y en todos los silencios con los que había ahogado sus intentos de decir que se tenía que disfrazar. Podía

43

darle cualquier excusa al maestro urbano, pero se quedó en silencio. Para ruido, ya lo armaban los demás. Le tiraban tizas, migas de pan y bolas de papel.

—Bueno, bueno, bueno —dijo don Mauricio—. Así que la señorita no se quiere poner un simple disfraz. Ni un gorrito de papel, nooooo, señor. La señorita no quiere participar de la sana diversión de los demás, ¿eh?, ¿eh?, ¿eh?

Parecía nervioso y Lili pensó, esperanzada, que a lo mejor se tragaba el bigote postizo, cada vez más inestable sobre su labio. Pero sus deseos no se cumplieron.

—¡Muy bien! Pues ahora todos nos iremos al patio a jugar al carnaval. Todos menos Libertad, claro que sí. La señorita se queda en clase.

Se acercó furioso a la pizarra y, mientras cogía una tiza, siguió:

—Y va a copiar esta palabra... ¡doscientas veces!

Y escribió:

*CARNAVAL*

Un minuto después, todos intentaban salir al mismo tiempo por la misma puerta.

No todos. Hubo un momento en el que Héctor, el niño gitano, pareció querer acercarse a Lili. Se había vestido de faraón, untada la cara de aceite, con una toca de rayas verdes y doradas cubriéndole el pelo, una túnica blanca corta, cinturón muy ancho, y muñequeras y espinilleras de cartón pintadas de purpurina.

Miró hacia Lili, dudó un instante, y acabó sumándose al tropel, hacia el patio.

En cuanto a Pepa, con su disfraz de árbol loco en otoño, también se volvió hacia Lili, y cuando por fin se fue, a Lili le pareció leer entre los rizos rojos y las hojas pegadas: *Ánimo*.

Pero no pudo comprobarlo, porque unos segundos más tarde sólo quedaban en el aula ella, sentada en su pupitre, y don Mauricio, resoplando dentro de su disfraz de guardia urbano.

La miró desde la puerta, con el pomo aferrado por su mano derecha, y le temblaba el bigote postizo cuando le dijo con rabia:

—¡Insolidaria!

¿Insolidaria? Lili no sabía lo que quería decir esa palabra, pero le parecía que, fuese lo que fuese, ella no era una «insolidaria». Sólo tímida.

Don Mauricio parecía dar por sentado que Lili había decidido por sí misma no disfrazarse; como si no le hubiera dado la gana, o como si intentara burlarse de sus compañeros, desobedecer sus órdenes o cualquier otra cosa mala. No parecía pensar, ni por un segundo, que hubiera otra causa.

En fin, durante horas Lili copió la palabra carnaval mientras pensaba en cosas tristes. Lloró un poco, sin hipar, mansamente, y una lágrima cayó sobre la número dieciséis. Una vez su abuela Valeriana le había dicho que llorara, que nunca reprimiera una lágrima. Y le había leído una poesía. Lili sólo recordaba dos o tres versos:

*Las lágrimas son barquitas*
*que se llevan las penas*
*por el Mar de las Mejillas.*

O tal vez no fuera así. Pero sabía que llorar no era malo. No hacía que el mundo desapareciese, ni lograba que el tiempo regresara hacia atrás, pero tampoco era malo.

No sabía cuánto tiempo había transcurrido mientras Francisca me contaba la historia de Lili, y tampoco quise mirar el reloj. No quería que interpretara que sentía prisa y que interrumpiera la historia. Había en ella una emoción tan sincera que sentía que ella misma tenía mucho que ver con aquello. ¿Conocía a Lili, a su madre? O tal vez Lili había sido alumna suya. Quizá en el personaje triste de don Maullido, el profesor de Lili, se escondía ella misma. Había más posibilidades, claro. Podía preguntar, pero no lo hice.

El bosque se abrió en un prado de un verde intenso. Un tractor avanzaba sobre él con un remolque y del remolque surgía un surtidor de líquido marrón, semejante a un abanico. Hasta nosotros llegaba su olor intenso a estiércol y orín.

—¿Lo ve? —preguntó Francisca—. La hierba es más y más verde cuanto más estiércol recibe.

Supuse que aquello tenía relación con la segunda parte de la historia de Lili, y me dispuse a escuchar.

## 5  *La vuelta a casa*

de Lili fue muy triste. En el autobús tuvo que seguir aguantando las burlas de sus compañeros, aunque el cansancio iba haciendo mella en ellos, y sus intentos de hacer daño a Lili eran cada vez más débiles.

También Lili estaba cansada. Más que si hubiera participado en los juegos de carnaval de los demás, que si hubiera jugado un partido de baloncesto, otro de fútbol y, para acabar, hubiera corrido un cross escolar.

Y eso que no había hecho nada; nada de diversión, nada de fútbol ni de baloncesto, y nada de correr. Aunque sí había tenido mucho que aguantar. El regreso a clase de los demás se había convertido en un concurso de pequeñas crueldades y burlas, del que sólo algunos, entre ellos Pepa y Héctor, se habían mantenido al margen.

Lili apenas había visto con el rabillo del ojo el revoltijo sudoroso de disfraces que entraba por la puerta de la clase. Sus compañeros se habían convertido en una mezcla confusa de pelucas de lana y trajes absurdos de la que salían dardos dirigidos a ella.

Pero Lili logró aislarse en sus pensamientos y en su libreta. La palabra carnaval se repetía interminable en sus rayas horizontales, y había perdido ya todo su sentido. Carnaval se convertía en una carroza, un cohete, una manada de ciervos, una ballena, ocho pingüinos en el Polo, el polvo de una carretera levantado por un coche del que se veían sólo el morro y el tubo de escape...

Luego hubo que bajar a comer. Sola, en un extremo de la mesa, hizo oídos sordos a los comentarios sarcásticos de los demás, ignoró las bolas hechas con migas de pan que aterrizaron a su alrededor o en su cabeza, y regresó al aula. Carnaval, carnaval, carnaval... La libreta seguía aguardando su mano. Por fin sonó el último timbre. Lili se dijo: «Se acabó el día». Todavía fue capaz de pensar que todo era muy raro: para casi todos había sido el día más divertido del año, mientras que para ella había sido el peor de toda su vida.

En casa, su madre no estaba más habladora que de costumbre. Pero algo raro debió de notar en su hija, porque le preguntó si le pasaba algo.

—¿A mí?

No había nadie más en la casa, de modo que la pregunta de Lili resultaba un poco absurda.

—¡Nada!

Su madre, sin embargo, no le quitaba ojo de encima.

—¿Quieres que vayamos al cine?

Sacudida de cabeza que quería decir «no».

—¿A merendar por ahí?

—No.

Lili pensaba en las calles, cines y cafeterías de

Sopasosa, su ciudad gris, y se las imaginaba rebosantes de niños embutidos en los más diversos disfraces.

¡Disfraz! Empezaba a odiar la palabra tanto como «carnaval».

A media tarde su madre sonrió. Era una sonrisa inquieta, pero era una sonrisa. Un hecho tan poco frecuente, la sonrisa de su madre, que Lili consideró que era casi una confidencia. Todavía dudó, pero al final reunió el valor necesario para hablar, no sin antes tragar la última lágrima secreta.

—Mamá...

—Dime.

—En el cole se han burlado de mí por no ir disfrazada.

—¿Disfrazada?

—¡El carnaval!

Lo dijo con fastidio, porque odiaba la palabra doscientas veces, pero también con indignación, porque su madre parecía estar en las nubes.

—Ah, el carnaval... ¿Se han burlado de ti?

—Todos. Y don Mauricio me ha hecho copiar la palabra doscientas veces.

—¿La palabra?

—¡Carnaval!

Iba a acabar vomitando si tenía que volver a decir una vez más «carnaval», la palabra más llena de aes que conocía.

—¡Pero carnaval es mañana! —exclamó su madre.

—¿Mañana?

—Claro. Hoy es lunes y mañana es martes. Martes de carnaval. Son tres días.

Lili se quedó en silencio. De modo que carnaval era el martes. Su madre seguía:

—Son tres días de carnaval: domingo, lunes y martes, martes de carnaval. Y luego viene el miércoles de ceniza y el entierro de la sardina.

Lili estaba asombrada: el carnaval parecía ahora algo largo y complicado. Y acababa con el entierro de una sardina. ¿Qué sardina?

—¿O sea, que lo de disfrazarse es mañana?

—¡Claro! ¿Qué quieres? ¿Disfrazarte?

Lili se encogió de hombros. Había dejado de querer disfrazarse de nada. Pero si carnaval era el martes, y no el lunes, cabía la posibilidad de que a la mañana siguiente se repitiera la misma historia en el colegio. No estaba segura.

—No sé. Sí. Quiero disfrazarme.

«Y si no es así», pensó Lili. «Si mañana no van disfrazados los demás, que se enteren: carnaval es mañana».

—¿Y de qué? —preguntó su madre realmente extrañada, como si fuera imposible disfrazar a Lili.

Lili pensaba en el viento, en un salto interminable por encima de un escenario larguísimo, suspendida en una nota musical...

—De bailarina.

—¿De bailarina?

No parecía estar tomando en serio lo que le decía Lili. Y ésta se temía que allí iba a quedarse todo. Sentía el silencio como un enemigo que amenazaba con abatirse sobre ellas dos. Pero por fin su madre salió de su ensimismamiento.

—¿Y tienes disfraz de bailarina?

—¡Mamá!

Lili se sentía furiosa. Ni siquiera recordaba sus mallas negras, ni las zapatillas de raso, regalo de su padre.

—Ah, es verdad. No es mucho, ¿eh?

Lili no contestó. ¿Que no era mucho? A ella le parecía suficiente. Su madre se mordía el labio. Por fin se levantó.

—Vamos.

Lili la siguió hasta su cuarto. En él, delante de la ventana, tenía una mesa ancha en la que se amontonaban sus libros de Formación Profesional. Ordenó los libros en un extremo de la mesa. Después abrió el armario.

—Veamos qué hay por aquí.

Lili miraba a su madre. Le gustaba verla en movimiento, con su pelo negro, tan parecido al suyo, agitándose alrededor de su cabeza.

—¡Mira, mira, mira! —parecía realmente asombrada. Había sacado un rollo de tela muy fina, blanca y delicada como un velo de novia, y se lo enseñaba a Lili. Olía a naftalina, pero era suave y bonito—. No recordaba haberlo traído aquí. Este tul me lo regaló la abuela Valeriana. Tenía que haber hecho con él su velo de novia, pero no sé qué pasó, y no lo hizo. Iba a ser el mío, pero tampoco lo fue, porque no nos casamos de blanco.

Supongo que el tul estaba esperando a que llegaras tú.

Su madre se rió, tapándose la boca con la mano.

—¡No será tampoco para tu boda!

Lili no recordaba a su madre tan activa. Primero le tomó la medida de la cintura, luego cortó varios trozos de tul, cada uno un poco más largo que el otro, y luego fue frunciendo cada trozo, utilizando un cordón blanco.

Tuvieron que cenar antes de lograr acabar.

—Ahora te pones las mallas y las zapatillas. Pronto lo acabo, ¿eh?

Lili asintió. Sentía calor en las mejillas y una emoción dulce que le apretaba el corazón.

Cuando entró con sus mallas negras y las zapatillas de raso, el pelo recogido en una cola de caballo, su madre la miró como si la viera por primera vez. Lili se había detenido en el umbral y había unido sus manos sobre el vientre. Parecía esperar el primer acorde de una invisible orquesta para lanzarse al aire en su primer paso.

—Estás muy guapa, Lili.

Lili avanzó en silencio, sobre las puntas de sus zapatillas de raso.

Su madre siguió trabajando. Después de acabar los fruncidos, unió las distintas capas, levantó el resultado de su trabajo en el aire y lo puso sobre la cama. Alrededor del círculo perfecto que debía ceñir la cintura minúscula de Lili, el tul formaba una especie de flor, con sus capas fruncidas como pétalos.

—Póntelo.

Lili dejó que fuera su madre la que le abrochara los corchetes. Luego se miró en el espejo. Aquel era su sueño. Ni más ni menos.

Se volvió hacia su madre y se abrazó a su cintura.

—Cuidado. No lo arrugues.

No lo hizo.

## 6  *El martes por la mañana*

la primera luz de la ciudad, la Sopasosa de Lili, era gris y sucia. De la calle subía un estruendo monótono, como si las cosas, los coches y el asfalto se quejaran del mismo dolor de muelas. A Lili le parecía que a Sopasosa le solían doler las muelas. Su padre estaba de acuerdo. Decía que hay ciudades con el hígado fatal y que a otras les entra la tos a cada paso, sobre todo por las mañanas, pero reconocía que lo de Sopasosa era dolor de muelas. A su padre tampoco le gustaba Sopasosa, y hasta solía usar el nombre que le había puesto su hija en lugar del de verdad.

Pero las muelas de Sopasosa desaparecieron de la imaginación de Lili en cuanto se acordó de su disfraz. ¡Con un tutú nuevo, hecho por su madre! ¡Y había prometido maquillarla, acentuando los pómulos y rasgando los ojos con mucha sombra, como las bailarinas de verdad!

«Hoy no se reirán de mí», pensó Lili.

Saltó de la cama como si fuera una cama elástica; tenía prisa y las sábanas quemaban.


—¿No me das un beso, Pavlova?

Lili besó la mejilla de su madre. Al separarse de ella se rió, porque había dejado en su mejilla una mancha de carmín.

En el ascensor aprovechó para mirarse a fondo en el espejo. Llevaba su mochila a la espalda, y las correas le hacían arrugas alrededor de los hombros, pero tirando de la tela elástica logró que las arrugas desaparecieran. Por lo demás, lo que veía en el espejo le gustaba mucho.

Seria y serena, esperó a que el ascensor se detuviera del todo como si aguardara a que el telón se alzara. El mundo se iba a enterar.

Pero lo que hacía el mundo era bostezar; de vez en cuando soltaba eructos de bocinazos.

A Lili le sorprendió ver por la otra acera a tres niños. Sin disfraz. ¿Sin disfraz? No sólo eso. Uno de ellos la señaló y los tres la miraron.

En la parada del autobús, el desconcierto de Lili fue aún más grande. Allí estaban los compañeros de todas las mañanas, ¡y ninguno disfrazado!

—Eh, ¿quién es ésa?

¿Ésa? Se referían a ella. Lili tragó saliva y avanzó hacia ellos. ¿No era martes de carnaval?

—¡Es Lili!

—¡Disfrazada!

—¡Eh, Lili! ¿Qué haces disfrazada de bailarina?

Lili se colocó muy tiesa junto a una farola, con las manos cruzadas sobre el vientre, y no contestó. Aún podía volver a casa. Decirle a su madre que se había equivocado, que no había nadie más con disfraz. Pero no se movió. No podía ser. Era martes de carnaval.

Oía las burlas como de lejos y aún se decía a sí

misma que eran una pandilla de tontos. Ya verían en el cole. Se iban a enterar.

Al llegar el autobús, Lili se puso pálida por debajo de la capa de maquillaje. ¡Ningún disfraz!

—¡Mascarita!

—¡Eh! ¿Dónde llevas la orquesta?

—¡Lili se ha disfrazado!

—¡Haznos la muerte del cisne!

La cabeza de Lili daba vueltas y notaba que le sudaban las manos.

Apretó los dientes, subió, se sentó y no dijo una sola palabra en todo el recorrido. Miraba por la ventanilla del autobús esperando ver algún otro niño disfrazado. Pero ni uno. Todos los niños de Sopasosa parecían haber recuperado su aspecto habitual, con el uniforme de los sin uniforme: chándal, playeras sucias, anorak y mochila.


La llegada al colegio fue un acontecimiento. Lili avanzaba con su disfraz de bailarina en medio de un mar de niños entre asombrados y divertidos.

Todos gritaban al mismo tiempo sus ocurrencias más pretendidamente graciosas:

—¡Al conservatorio por allí!

—¿Bailas, Lili?

—¡Lili, se te va a enfriar el culo!

Al atravesar la puerta de la verja del colegio, Lili pensaba en el día anterior, cuando en el mismo sitio había recibido un abucheo igual... ¡por no ir disfrazada! No entendía nada. ¿No le habían llamado de todo por no ir disfrazada? ¿Y entonces? ¿Por qué se metían ahora con ella por lo contrario? La abuela Valeriana, que se conservaba muy joven y solía vestir ropa muy provocativa, le había advertido una vez:

—A la gente no le gusta que te salgas del rebaño. Las ovejas, lana. Y si no, leña.

Pero a la abuela Valeriana nada la asustaba. Era valiente, vivía independientemente, iba a los conciertos de rock y hacía lo que le gustaba sin que nadie se atreviera ya a meterse con ella. Lili pensó que ella no era la abuela Valeriana. Sentía tanta vergüenza que habría querido desaparecer en el aire, que su madre no le hubiera cosido el tutú, que no hubiera dicho que carnaval era el martes. Pero al mismo tiempo sentía tanta rabia por la crueldad de los demás que una idea se abrió paso en su cabeza:

«A aguantar tocan».

Avanzó seria y digna, entró en el colegio, subió las escaleras, no se equivocó esta vez de pasillo, como le pasaba a menudo, traspasó la puerta del aula y se dirigió con paso firme hacia su pupitre.

—¡Cuidado!

—¡Pista para la artista!

—¡Bailarina a estribor!

Y risas, muchas risas. Lili se sentó, sacó su cuaderno y el boli y miró hacia un punto indefinido. Oía los gritos y las burlas cada vez más lejos. Intentó concentrarse mucho, pensando que el ruido a su alrededor acabaría por desaparecer.

Silencio. Lili veía que sus compañeros de clase le hacían muecas, se reían y decían cosas; pero ya no los oía. Tampoco hacía mucho caso de las tizas, las migas y las bolas de papel. «Nadie murió de un migazo», pensó. Eso le hizo sonreír con los labios de dentro. Se agachó sobre la libreta y escribió:

Le gustaba verlo escrito, le hacía sentirse fuerte.

—¿Libertad?

Silencio. Era la voz de don Mauricio. Lili levantó la vista y allí estaba. Tan triste y aburrido como siempre. Don Maullido. No se había hecho ilusiones al respecto, pero de todos modos constató que él tampoco llevaba el casco, ni el abrigo de guardia urbano, ni la porra. En cuanto al bigote...

—¿Libertad? —repitió el ex guardia.

Y como Lili no respondía, la llamó por sus apellidos.

—Presente —contestó ella.

—¡Ah! ¡Pero si es ella! ¡No conocía a la señorita! No la reconocía ¡porque la señorita Lili es especial!

Miró con cara de tormenta hacia el resto de la clase y siguió:

—Ayer Lili no quería ponerse un simple disfraz, no. Ella, de paisano. A la señorita no le importan los demás, porque es... ¡una egoísta! Así que hoy nos aparece vestida de bailarina, cuando todos los demás quieren aprender cosas, escribir, hacer cuentas y hacerse hombres y mujeres de pro.

Luego se quedó en silencio, esperando alguna respuesta de Lili. Pero como ella no decía nada —sólo miraba fijamente lo que había escrito en la libreta—, don Mauricio tronó:

—¡Para molestar! ¿No? ¡Eh! Contesta, ¿eh? Para molestar, ¿no?

Lili aguantaba, paralizada. Nunca le habían dicho cosas así. La verdad es que hasta el lunes nadie se había fijado en ella apenas. Era una niña pequeña, insignificante y silenciosa, nueva en el colégio, de la que apenas sabían que se llamaba Lili. Pero de repente nadie parecía tener otra cosa a la que prestar atención que a ella...

—¿No contestas?

Silencio.

—¿No dices nada?

Nada. Lili había bajado la cabeza y aguantaba en silencio.

—Pues, hale. ¡Sal del aula y quítate ese disfraz!

Lili dudó. Los demás estaban en silencio. Las risitas se habían ido apagando y todo el mundo esperaba. A su alrededor todo estaba inmóvil.

O casi todo. A su derecha, una fila más adelante, Lili veía el pelo rizado de Pepalabras. Lo miró de reojo, porque le parecía que algo se movía en él. ¿Qué era lo que se leía? V-A...

*¡Valiente!*

¿Valiente? ¿Sería por ella? En el mismo instante Pepa se volvió. En su boca había una media sonrisa. ¡Pero sus ojos! La miraban fijamente. ¡Valiente!

—¡Que te vayas a quitar el disfraz, Libertad! —volvió a gritar don Mauricio.

«Y un jamón», pensó Lili.

—¡Te ríes! ¡Insolente!

¿Reírse? ¿Se había reído? Se había acordado, al pensar «Y un jamón», de la abuela Valeriana. Le parecía que estaba allí, junto a ella, y que era la abuela la que había dicho «Y un jamón», con su voz de fumadora empedernida.

—¿Me oyes? ¡Que te vayas a quitar el disfraz!

—No puedo.

Lili se oyó a sí misma diciendo «No puedo». Sonaba bien. Don Mauricio se había quedado paralizado y los ojos le giraban como ruletas.

—¿Que no puedes? ¡A ver!

Y a la clase:

—¡A ver por qué la señorita no puede irse a quitar el disfraz! ¡A ver!

Por fin, Lili respondió, pero en voz tan baja que nadie la oyó.

—¡Más fuerte!

—¡Porque cogería un constipado!

Don Mauricio se quedó con un brazo en alto, congelado, mientras en la clase estallaba una carcajada. La diferencia es que ya no se reían de Lili, sino gracias a Lili. Ésta creyó leer, en el pelo de Pepalabras, un enorme

*¡BIEN!*

—Estupendo —dijo don Mauricio cuando recuperó la respiración, haciendo oscilar su cuerpo sobre uno y otro pie—. Pues la señorita Constipado va a estar castigada toda la semana. ¡Sin recreos! Y hoy escribirá tantas veces la palabra «constipado» que se le quitarán las ganas de reírse de nosotros. ¡Ya verás! ¡Y quítate esa faldita ridícula! ¡No te enfriarás sin ella!

Lili se sentía distinta. Le parecía que todo era una pesadilla. El lunes la castigaban por no ir disfrazada y el martes por ir con disfraz. Pero no era ya igual que el lunes. Ahora se sentía extrañamente fuerte.

—Se llama tutú —dijo.

—Ya lo sé —gruñó don Mauricio.


Se quedó sin recreos, pero se acabaron las burlas. Mientras sus compañeros salían hacia el patio, Lili se daba cuenta de que la miraban de otra manera. Héctor pasó por su lado y apoyó una mano en su hombro, sin decir nada. Fue suficiente para Lili.

Escribió setenta y dos veces la palabra «constipado», pero, por alguna razón, hacerlo no le pareció tan aburrido como parecía creer don Mauricio. Pensaba en la palabra mientras la escribía una y otra vez y se reía sola. A medida que la repetía, iba cambiando de sonido y hasta de significado, como un chicle que va cambiando de sabor mientras lo masticas una y otra vez.

En el autobús, de vuelta, aún se oían burlas:

—¡Pista para la artista!

—¡Piscina pa' la bailarina!

—¿Por qué no vas dando saltitos, en vez de en autobús?

Pero eran niños de otras clases, porque los de la clase de Lili se limitaban a mirar por la ventana y, si cruzaban alguna mirada con Lili, no se reían. Héctor y Pepa habían comido con ella, en el comedor, y habían quedado para jugar juntos al día siguiente. Héctor le había dicho que había estado muy bien, que era muy valiente, y Pepa no paraba de reírse de la cara que se le había quedado a don Mauricio con el constipado. Lili no había sabido muy bien qué decir, pero ahora, en el autobús, sentía que ya nada iba a ser igual que antes.

Al entrar en casa, la primera pregunta de su madre fue:

—¿Qué tal el disfraz?

—Muy bien —dijo ella.

No era una mentira.

—¿Les ha gustado?

Lili pensó que eso dependía. Al principio, no. A don Mauricio, desde luego que no. Pero a Héctor y a Pepa, sí. Eso bastaba.

—Mañana tengo que volver a ponerme el disfraz para ir al cole.

—Ajá —contestó ella.

Nada más. Su madre volvía a ser la de antes: ausente y distraída. Ajá, y ya está. Basta un ajá muchas veces para no tener que hablar de problemas.

Lili había estado rumiando pensamientos en su habitación. Había repasado su vida en Sopasosa y se daba cuenta de que hasta entonces había sido muy aburrida. Como era una recién llegada, nadie se fijaba en ella en el colegio. Y aunque le habría gustado ser amiga de Pepa, o de cualquiera, no lo había logrado. Se sentía pequeña, poca cosa, incapaz de merecer la atención de nadie.

Y en casa no era mejor: mucho «mmm», varios «ajás» al día, una vez al mes al cine, la tele apagada, una consola de videojuegos que le llenaba de agujeros de tedio el estómago, muchos juguetes inútiles que ni siquiera había estrenado, algunos libros en la estantería y mucha angustia. Le gustaba el *foie gras* con mantequilla, no le gustaba la tele, y cuando leyó *El Principito* había soñado con irse a vivir a un asteroide solitario. Pero fuera de los sueños y de los domingos con su padre, no había descubierto aún nada que lograra hacer divertida su vida. ¿Y su madre? No le gustaban sus silencios, pero le gustaban sus manos y sus dedos frescos. No era mucho. Había hablado con ella de ir a una academia de baile, pero no había ninguna cerca. «Ya veremos si encuentro una buena», era su respuesta.

Sin embargo, lo del disfraz había sido distinto. El tul del velo de la abuela Valeriana, mamá frunciéndolo, el espejo devolviéndole su imagen de bailarina, los ojos de don Mauricio dando vueltas, la carcajada, la palmada de Héctor en su espalda, la palabra «valiente» en el pelo de Pepa... ¡Bien! Si para ser valiente había que seguir con el disfraz, no se lo quitaría. Por lo menos hasta que alguien le explicara por qué el lunes la habían castigado por no ir disfrazada y el martes por ir disfrazada.

Podía ser muy pequeña, casi insignificante. Podía no destacar en nada. Pero había probado el valor. Y le había gustado.

—¿Me puedes planchar el tutú?

—¿El tutú? Claro.

*El tutú. Francisca pronunciaba la palabra con delicadeza. La misma delicadeza con la que la madre de Lili lo había cosido para su hija.*

*Empezaba a atardecer y los contornos de su rostro se iban difuminando. Pronto sólo quedaría su voz en el aire, y los murmullos y susurros del bosque. Seguía sin mirar el reloj, y la vaga sensación de prisa que siempre me acompaña había desaparecido por completo.*

*Pero no percibía sólo a Francisca, la directora de un*

colegio que nunca antes había visitado, como si ya la conociera de antes. Percibía también a nuestro lado a Lili. Un ruido en el bosque, el crujido tan débil de una rama, podía ser Lili. Pequeña, leve, la imaginaba como una pequeña hada morena.

—¿Le aburro?

Me reí.

—¿Aburrirme?

—Puedo resumir.

—No lo haga. Por favor.

—Lili había decidido seguir adelante. Estaba descubriendo que la vida y un ser vivo están hechos de la misma materia. Que no vale decir «la vida es dura» para rendirse. Descubrió que ella también era dura. Pequeña, sola y sin fuerza. Pero dura.

El tractor se había ido, pero el olor no. Con el primer rocío del atardecer llegaba a nosotros con toda su intensidad.

## 7  La valentía de Lili

hizo que las cosas se fueran acelerando a su alrededor. Antes de la semana de carnaval, la vida
transcurría despacio para Lili; los días eran largos,
y los trimestres, eternos. Desde el martes, sin embargo, su vida empezó a cobrar velocidad, como si
bajara una cuesta en bicicleta.

El miércoles no le dijo nada a su madre. Se puso
sus mallas negras, el tutú y unas playeras. Guardó
las zapatillas de raso en la mochila y se puso el
anorak por encima del tutú, plegando éste contra
sus caderas.

—Un beso.

Se lo dio y la vio partir. Su madre ni se había fijado en ella. Ahora casi corría, en dirección a su trabajo. Lili se dirigió a la parada.

En el autobús se quitó las playeras con calma y se calzó las zapatillas. Al quitarse el anorak, vio que el tutú estaba lacio. Pero con las puntas de los dedos logró reanimarlo, hasta que recobró su aspecto de flor. A su alrededor no hubo una sola voz. Sólo ojos perplejos, ojos asombrados, ojos mudos y ojos escandalizados.

En el colegio, al llegar, tampoco hubo burlas. Sólo curiosidad. Ni risas. Sólo preguntas y advertencias.

—Lili, te la vas a cargar.

—Lili, ¿te han dado permiso?

—Eh, Lili, ¿por qué sigues con el disfraz?

—Lili, ten cuidado.

Hasta los chicos y chicas de los cursos superiores parecían estar al corriente y le abrían paso, sonrientes. Lili creía que incluso con cierto respeto.

La pequeña bailarina avanzaba seria y entraba en clase, donde ya la esperaban.

—Lili, vaya, hoy sí que la has hecho buena.

—¡No hagas caso, Lili!

Se sentó en su pupitre sin responder ni a unos ni a otros. Esperó en silencio. Héctor se acercó a ella y le sonrió. La sonrisa de Héctor le pareció a Lili tan bonita, que apenas pudo oír que le decía:

—Eres muy valiente.

Al darse cuenta de lo que le había dicho, Lili sintió como si le hubieran echado una taza de chocolate caliente por el pecho y un helado por la espalda: un escalofrío.

Por fin entró don Mauricio y los comentarios se detuvieron.

—Buenos días —dijo al entrar. La costumbre era que él lo dijera en voz baja y triste y alargando la i de días (de donde le venía el mote de don Maullido, entre otras razones) y que la clase contestara con un «Buenos días» estruendoso. Esta vez, sin embargo, el «Buenos días» de la clase fue un «Buenos días» de algodón.

Al escucharlo se puso en guardia, dándose cuenta de que algo no marchaba como era debido. Se detuvo ante la mesa, sin acabar de depositar en ella sus libros y carpetas. Miraba hacia los niños como un general recorriendo el campo de batalla con sus prismáticos. Y de pronto sus ojos se abrieron. Y se abrieron. Y aún seguirían abriéndose si no hubiera un límite razonable para lo que un par de ojos humanos pueden abrirse.

—¡¡¡LIBERTAD!!!

Lili no contestó. Se limitó a mover la cabeza hacia atrás, como si le hubieran dado un pelotazo en la frente.

—¡Quítate eso... IN-ME-DIA-TA-MEN-TE!

—No puede —dijo alguien.

Y entonces se oyó un griterío:

—¡... constipado!

—¡Es bailarina!

—¡... promesa!

—¡Hale, Lili!

Por un momento, todos los castigos del mundo pasaron por la mente de don Mauricio. Estaba cerca de su silla, por lo que se acercó a ella sin dejar de mirar a Lili y se dejó caer en ella.

Programa y disciplina, era todo lo que le venía a la mente. Programa y disciplina. Lili lo estaba rompiendo todo: el programa y la disciplina. La miraba fijamente y no lo podía creer: tan pequeña como una tiza, y más delgada aún. Y un simple vestido de bailarina hacía que todo su mundo ordenado de programa y disciplina se tambaleara. ¿Qué podía hacer? En el fondo, muy en el fondo, admiraba a Lili. Si fuera joven, si no le hubiera cogido tan harto de todo, tan cobarde... De pronto se oyó decir:

—Copiarás cien veces: «No me volveré a disfrazar sin permiso». ¿Me oyes?

—Sí —contestó Lili.

—Y ay de ti si mañana no vienes a clase ¡como todo el mundo!

—¿Puedo decir algo?

Silencio. Todos los demás estaban callados, más asustados que la propia Lili.

—¿Qué? ¿Eh? —don Mauricio sentía que le faltaba el aire.

—El lunes me castigó por no venir disfrazada.

—¡Pero es que el lunes tenías que venir disfrazada!

—¿Por qué?

—¡Porque todo el mundo se tenía que disfrazar!

—¿Por qué?

—¡Porque formaba parte del programa!

—¿Por qué?

—¡¡¡Porque lo digo yo!!!

Nada más decirlo, en un grito casi histérico, don Mauricio se sintió mal. Mal consigo mismo, autoritario y odioso. Respiró tan profundamente como pudo y miró los rostros de los niños. Estaban en su contra. Y a favor de Lili. ¿Era eso tan malo? «Yo también fui niño», se dijo. «¿Qué habría hecho yo?». Lo sabía muy bien. Abrió el libro.

—Lección decimoprimera, página ochenta y tres.

Un murmullo se levantó en la clase, como una polvareda.

Lili leyó en el pelo de Pepalabras:

*ESO NO VALE*

Y, después, Pepa lo repitió en voz alta:

—¡Eso no vale!

«Después de todo», se dijo Lili, «no resulta tan

difícil ser valiente; no, señor, no resulta nada difícil».

Don Mauricio miró a Pepa, pero sólo un instante. Su boca se abrió y se volvió a cerrar.

—Lección decimoprimera —repitió con voz cansada y lenta don Maullido, más triste que nunca.

A Lili la tristeza de don Mauricio la llenó de confusión. Ella había dejado de estar triste, pero para conseguirlo había tenido que causarle tristeza a don Mauricio. ¿Tenía que ser así siempre? Cerró los ojos con fuerza.

Cuando volvió a casa, cansada pero satisfecha, Lili vio el coche de la abuela Valeriana aparcado —mal— cerca de su casa. Era un Volkswagen escarabajo de color amarillo, bastante viejo y abollado, pero que mantenía un envidiable aspecto vivo y alegre. En el fondo, pensaba Lili mientras pasaba a su lado, era como ella misma.

—¡Liliputiense!

La abuela Valeriana la solía llamar así cariñosamente, lo que no parecía gustarle nada a su hija, la madre de Lili. Pero a Lili, aunque sabía que una liliputiense era una especie de enana (de uno de los viajes de Gulliver, porque la abuela se lo había contado), no le molestaba nada. En realidad casi todo lo que decía o hacía la abuela Valeriana le gustaba a su nieta, pero disgustaba a su hija, y Lili no podía entender por qué.

La abuela vestía ropa alegre y divertida, tan original que resultaba estrafalaria, y en general parecía más joven que su propia hija. Vivía más al sur de la ciudad de Lili, en la costa, donde tenía su vivero de plantas medicinales y hierbas aromáticas: pimpinela, vara de oro, menta piperita, milenrama, cáscara sagrada... Se sabía (y cultivaba) los nombres de miles de plantas y hierbas, y solía dormir a Lili inventando largas y complicadas historias en las que las hierbas cobraban vida. Para sus historias usaba las de nombres más sugerentes: el diente de león, la lengua de perro, la oreja de liebre, la barba de capuchino, la uva de zorro, la cola de caballo, el pico de grulla, la menta de lobo, la berenjena del diablo, la flor de la trompeta, el hombrecillo, la oreja de fraile...

Ella decía que su padre había decidido su futuro al bautizarla con el nombre de Valeriana.

—Es una planta muy buena, pero su verdadero aroma sólo se huele en su raíz.

Y miraba a Lili guiñando un ojo.

La madre de Lili las había dejado solas. Nunca solía participar en sus conversaciones, y a lo sumo cruzaban un par de frases entre ellas, nada cariñosas:

—Mamá, vas hecha un adefesio.

—Y tú, un cardo mariano, hija mía —respondía la abuela Valeriana.

Cuando llegó, Lili se dio cuenta de que habían estado discutiendo entre ellas. Pese a ello, la abuela notó que Lili iba con mallas.

—¿Has conseguido que te mande a una academia de baile?

Lili negó con la cabeza.

—¿Y eso?

—Es un disfraz.

Lili se quitó el anorak y las playeras y se puso las zapatillas de ballet.

—¿Y esa faldita?

—Es un tutú. Lo hizo mamá.

—¿De verdad? —la abuela Valeriana parecía sinceramente asombrada.

—Está hecho con el tul de tu boda.

—¡Vaya! —exclamó la abuela. Acarició la tela con las puntas de sus dedos y sonrió a Lili—. No es tan cardo, ya ves.

—Claro que no —dijo Lili.

Más tarde, después de cenar, Lili se dejó arropar en la cama por la abuela Valeriana. Era entonces cuando ella solía contarle historias de dientes de león y picos de grulla.

—Abuela...

—Dime, Liliputiense.

Y se lo contó todo. Sus dudas antes del carnaval, su timidez, su miedo, el silencio de su madre, las indecisiones, los abucheos del lunes, el disfraz del martes, los nuevos abucheos, el enfado y la tristeza de don Mauricio... Todo.

La abuela Valeriana se reía escuchándola, asombrada por la valentía de Lili. Y ésta, poco a poco, se iba lanzando más y más. Le contó incluso parte de sus pensamientos más íntimos, y sus fantasías, como cuando creía leer palabras en el pelo de Pepa. Sin embargo, a la abuela Valeriana aquello le pareció maravilloso.

—¿De verdad? ¿Palabras enteras?

—Y frases.

—¿Y puso «Eso no vale» cuando don Maullido...?

—¡Y lo dijo! ¡En voz bien alta!

—¿Y él?

—¡No se atrevió a castigarla también!

—¡Bárbaro! Eso merece una canción, ¿eh? El rock de las palabras en el pelo.

—¡El rock de Pepalabras! —dijo Lili aplaudiendo.

—¡Mejor! Conozco a un chico que tiene un grupo que...

Más tarde, Lili le preguntó:

—Entonces, ¿qué hago?

La abuela Valeriana se quedó seria. No era frecuente verla así.

—¿Te apetece volver a vestirte así? ¿Mañana?

Lili dudó.

—Apetecerme..., sí. Pero me da miedo.

—No tienes por qué tenerlo. Mira, la ropa es más importante de lo que parece. Forma parte de nosotros mismos, habla de nosotros mejor que nuestras palabras.

Lili la miró. Era un disparate de abuela, con su ropa llamativa y sus peinados increíbles. Pero por eso le gustaba tanto. Iba comprendiendo.

—Si tu madre se pusiera mi ropa —siguió diciendo la abuela—, estaría ridícula. Ella sí que parecería un adefesio. Y si yo me pusiera la suya, esas faldas tristes y esos jerséis asfixiantes... me moriría de vejez fulminante. ¡Cada cual es como es!

—¿Y mañana? —preguntó Lili. Quería volver a oírlo.

—Mañana ¡tú decides! —sonrió la abuela—. Por cierto, a lo mejor te van bien.

Y le alargó unos pendientes. Eran dos lunas llenas de plata. Una luna sonreía y la otra estaba triste.

—Las dos caras de la luna.

Le dio un beso. Más tarde entró su madre, pero Lili ya dormía.


El jueves amaneció despacio. Lili abría un ojo desde la cama cada cinco minutos, pero la luz no aumentaba en su ventana abierta. Por fin, cuando oyó el ruido de los autobuses en la estación, se levantó, se asomó y comprobó que una capa espesa de nubes, parecida a un puré de patata viejo, se había apoderado del cielo. Era un día típico de Sopasosa; pero no logró, como solía lograr, que Lili se sintiera triste. Al contrario, sentía por primera vez deseos de llegar al colegio, de quitarse el anorak, de aparecer ante los ojos de todos como Lili, la bailarina. Una especie de Supermán, pero en niña. Sin músculos ni superpoderes: sólo unas mallas negras, y en lugar de capa... un tutú de tul. ¿Qué pinta tendría Supermán con zapatillas de ballet y tutú?

La abuela Valeriana se había levantado muy temprano y estaba en la cocina preparando una infusión para el desayuno.

—¡Buenos días, Liliputiense!

Lili se había puesto un vestido de flores rojas sobre un fondo azul marino encima de las mallas. Se le notaba el tutú debajo, haciendo un pequeño bulto alrededor de su cintura. La abuela Valeriana le guiñó un ojo.

Durante el desayuno Lili espió a su madre. ¿Sabía algo? Tal vez la abuela había acabado por contarle... Pero no. Su madre había abierto un libro y respondía con monosílabos a los parloteos de su hija y de su madre. Podrían haber anunciado que se iban a pasar la primavera al polo Norte, y ella habría respondido: «Ajá».

—Yo acompaño a Lili al autobús —dijo la abuela.

—Mmm.

Lili se había despertado nerviosa y excitada, pero sentir a su abuela cerca de ella era tranquilizador. O tal vez era alguna de las hierbas que había usado en la infusión.

—Ahí está.

La ventanilla del autobús parecía un rostro humano con las cejas levantadas, como una interrogación. ¿Lili? ¿Lili sin disfraz, o Libertad con disfraz?

Lili subió el primer escalón y se volvió.

—Adiós, abuela. Gracias.

La abuela volvió a guiñarle un ojo con complicidad.

—¿Es tu abuela? —le preguntó una compañera de clase. Parecía admirada.

—Sí.

Lili, antes de sentarse, se quitó el anorak. Luego hizo lo mismo con el vestido. Finalmente se puso los pendientes de plata. Una luna triste, una luna alegre.

—¡Bien!

—¡Bravo, Lili!

—¡Ánimo, valiente!

—¡Pista para la artista!

Ninguna burla.

Al bajar del autobús, notó de inmediato que pasaba algo raro. Había un grupo de niños congregado alrededor de la puerta, y los demás también miraban hacia allí. Algunos se volvieron hacia Lili, pero, pese al disfraz de bailarina de ésta, la atención general siguió concentrada en la puerta del colegio.

—¡Ahí viene Lili! —dijo alguien en el grupo.

Y el grupo se abrió.

—¡Mira, Lili, tienes compañía!

Allí estaban. Héctor relucía, como si por fin saliera el sol en Sopasosa. Erguido, majestuoso, ¡disfrazado de faraón!

Y Pepa, el árbol otoñal más simpático que Lili había visto jamás.

Se acercó a ellos sintiendo que el corazón le latía más y más deprisa, a pesar de las yerbas tranquilizadoras de la abuela Valeriana.

—¡Hola, Lili!

Ya no se sentía pequeña. Ni sola. La mano de Pepa estaba caliente. Miró su pelo lleno de hojas secas, pero en el que una especie de guirnalda de letras decía:

*Codo con codo*

¿Y Héctor? La purpurina de su coraza de cartón y de sus espinilleras parecía oro puro. Y su piel, untada de aceite, resplandecía. Sus ojos, negros y profundos, miraban alrededor, hacia el resto de los niños. Parecía decir: «Aquí estamos».

Y así entraron. Los tres juntos. Una niña pelirroja con hojas y trozos de corcho pegados por todas partes, un gitanillo disfrazado y una niña, pequeña, ínfima, ligera como una pluma con su tutú vaporoso y sus zapatillas de raso: un cataclismo.

Don Mauricio, al llegar, no pareció ni siquiera sorprendido. Avanzó hacia su mesa con los ojos yendo de Héctor a Lili, de Lili a Pepa... Ni siquiera dijo: «Buenos días». Se quedó de pie, con expresión ausente. Su pelo parecía más desordenado que de costumbre y la corbata colgaba, floja, fuera de su chaqueta.

—Venid aquí —les dijo. Sin gritos. Sereno. O tal vez sin fuerza.

Los tres niños disfrazados se levantaron de sus pupitres entre las aclamaciones de sus compañeros. Los que sabían silbar, silbaron. Los que no, gritaron. Y todos aplaudieron. La ovación desbordó la clase, inundó los pasillos vacíos y se introdujo por debajo de las puertas de todas las aulas del colegio.

Don Mauricio los contempló mientras avanzaban. Los tres parecían asustados, pero al mismo tiempo satisfechos, orgullosos. Programa y disciplina. Miró hacia la clase y dejó que los aplausos, los gritos y los silbidos se fueran extinguiendo.

¿Qué podía hacer? ¿Más copias? Podía recurrir al director, pero no lo había hecho nunca. Era reconocer que su autoridad no llegaba a un cierto nivel. Miraba a los tres niños y se preguntaba qué había hecho mal.

—A casa —les dijo.

Los niños se miraron entre sí.

—Mañana os comunicaré el castigo que merecéis.

—¿Puedo hablar? —preguntó Héctor, tragando saliva.

—¡No! —contestó don Mauricio.

Hubo un murmullo en la clase, pero don Mauricio sabía cómo aplacarlo:

—Los demás, preparad papel y bolígrafo. Examen.

Y volviéndose hacia Lili, Pepa y Héctor:

—Vosotros tenéis un cero cada uno. Tendréis que estudiar mucho para recuperarlo.

Luego les vio salir. Un día, él también había sido niño. Se imaginó a sí mismo, con sus pantalones demasiado grandes y sus calcetines caídos, saliendo de la clase con Lili, con Pepa y con Héctor. El pasillo vacío, la calle, los jardines sin gente, las cosas del mundo que desaparecen cuando uno está en el colegio, pero que están ahí. Y que un niño sólo ve cuando va al médico, cuando se fuma una clase o cuando pasa algo extraordinario. Ser niño de nuevo, salir a la calle con ellos, burlarse del maestro... ¿Cómo le llamaban? ¿Don Maullido? Tenía gracia. No cabía en el programa, desbordaba la disciplina, pero tenía gracia.

—Examen —repitió cuando la puerta se cerró detrás de Lili.


Al verse en la calle, Lili, Pepa y Héctor salieron corriendo, lo más lejos posible del colegio. Al doblar la esquina se detuvieron, resoplando.

Lili miró a sus amigos. Podía llamarlos así, ¿no?

—Gracias —les dijo.

—Bah —respondió Héctor—. Gracias a ti.

—Sí, gracias a mí tenéis un cero.

—Pero estamos aquí.

Miraron a su alrededor. Un sol tímido trataba de asomar la cabeza entre el puré de patata. Por la calle, la gente los observaba con curiosidad. Un coche hizo sonar la bocina cuando pasó junto a ellos.

—¿Adónde vamos? —preguntó Héctor.

—Deberíamos ir a casa —sugirió Pepa.

—¿A casa? ¿Ahora?

Parecía asombrado. Ir a casa era lo más raro del mundo. A Lili tampoco le pareció una buena idea. En su casa no había nadie. ¿Qué iba a hacer allí? La madre de Pepa no trabajaba, de modo que estaba en casa, pero tampoco sabía aún que su hija había sido expulsada de clase. Podía esperar un poco. Iría al mediodía, y Lili iría a comer con ella, porque su madre no volvía del instituto de FP hasta la tarde.

Fueron paseando hacia el jardín. El sol empezaba a entibiar la mañana. Hablaron de todo lo que había sucedido. Lili escuchó con orgullo lo que decían de ella.

—Te has portado como me enseñó mi padre que hay que portarse —dijo Héctor.

Como gitano, sabía muy bien lo que había sentido Lili el lunes, y aún mejor lo que había sentido el martes, cuando apareció vestida de bailarina.

Sabía el daño que hacían las miradas de los demás cuando uno es diferente.

—Un gitano se pasa toda la vida como tú el martes.

Lili no lo había pensado así. A ella le gustaba Héctor, pero se daba cuenta de que no todo el mundo opinaba igual.

—Un gitano —siguió Héctor— sólo puede hacer dos cosas: andar bien tieso por la calle diciendo «Eh, payo, mírame, soy gitano», o disimular, tratar de parecer un payo. Yo prefiero ser lo que soy.

Cantó una copla, con su voz un poco ronca:

> *Por tu cara bonita,*
> *te ponen 'caenas',*
> *hazte anillos con ellas,*
> *'pa' tus manitas...*

En el pelo de Pepa se formó un enorme ¡*Olé!* O eso le pareció a Lili.

Más tarde, en su casa, se atrevió a decírselo.

—Veo palabras en tu pelo.

—¿Palabras?

—En tus rizos. Se forman palabras.

Pepa no lo podía creer. Un tío suyo decía lo mismo.

—¡Lee en mi pelo palabras rarísimas, que yo ni siquiera conozco!

Habían comido en silencio, porque la madre de Pepa se había disgustado mucho al saber todo lo que había ocurrido. Miraba a Lili como si fuera un pequeño demonio. De manera que cuando acabaron de comer, irse al dormitorio de Pepa había sido un alivio.

—¿No te gustaría hacer ballet?

—¿A mí? —rió Pepa—. ¿Con lo gorda que estoy?

—¡A ti, sí!

Pepa se puso roja. Y siendo pelirroja y pecosa, era ponerse rojísima.

—Bueno, igual...

En el pelo de Pepa se formó el dibujo de una bailarina sobre una sola puntilla, con las manos y los brazos estirados por encima de la cabeza...

Buscarían una academia. Cuando pasara la tormenta de los disfraces.

A la hora del autobús, la madre de Pepa acompañó a Lili hasta su casa.

—No puedes ir sola.

Durante el trayecto, Lili no pronunció una sola palabra, sólo escuchó. La madre de Pepa le dijo que estaba muy mal lo que le había obligado a hacer a su hija.

¿Obligado? Lili pensaba, precisamente, que lo mejor de todo era que ella no había obligado a nadie. Los mayores podían no entenderlo si no querían, pero ella se sentía completamente feliz por eso, porque Héctor y Pepa se habían disfrazado sin advertírselo a ella siquiera.

—*Esa noche, Lili decidió contarle todo a su madre —dijo Francisca.*

*Se había hecho de noche y habíamos vuelto paseando hasta el pequeño restaurante. Pedimos un té y nos sentamos cerca de una chimenea apagada. Desde los troncos fríos, un gato de nariz sonrosada nos estudiaba curioso y confiado. Francisca sonreía sin mirarme, como* si la historia que me estaba contando estuviera transcurriendo allí, delante de ella, y no hiciera más que ir narrando lo que veía.

Al principio había pensado que tal vez Francisca era escritora de cuentos para niños, y que la historia de Lili era una creación de ella. Me la estaría contando, de ser así, para pedirme que la ayudara a publicarla. Pero a medida que había ido hablando, yo me había persuadido de que la historia de Lili era real. Sólo me faltaba una pieza del rompecabezas, y esa pieza seguía siendo la misma Francisca. Ella había vivido aquello, estaba claro. No se cuenta con tanto sentimiento una historia lejana. ¿Pero quién era ella? ¿Libertad? ¿Don Mauricio? ¿La madre de Lili?

Estaba convencido de que, en cualquier caso, antes de despedirnos lo iba a saber. No tenía más que escuchar, mientras sorbía el té caliente.

## 8  *Lili se lo contó a su madre*

durante la cena. No olvidó ningún detalle. Ni siquiera acerca de la complicidad de la abuela Valeriana.

—Me lo debía haber dicho.

Lili pensó: «¿Para qué?». Pero no lo dijo. ¿Qué habría pasado si lo hubiera sabido? ¿Le habría dejado ir de nuevo con su traje de bailarina al colegio? Al fin y al cabo, ella también era profesora. A menudo se quejaba de sus alumnos, de lo poco que estudiaban, de la poca atención que prestaban en clase. ¡Incluso de cómo iban vestidos algunos! Su madre y don Mauricio, pensaba Lili, formaban parte del mismo bando.

Pero se equivocaba, claro. Su madre comenzaba a entender a Lili. Mientras la oía hablar, pensaba en lo poco que se había fijado en ella, en realidad. Lili era todavía aquel pequeño bebé que la había hecho feliz. Su recuerdo estaba ligado al de la felicidad perdida. Luego había crecido, pero ella se decía a sí misma que las madres no se acostumbran a la idea de que sus hijos crezcan. Y Lili había crecido. No físicamente, no mucho, sonrió. Pero sí por dentro. Había una lucecita allí dentro. Pensó con orgullo que aquella luz era también suya. Sin embargo, se sentía como don Mauricio: un poco fracasada en su trabajo. Enseñar no era lo que había soñado al principio. Pero ¿qué es como al principio? Todo cambia, todo se hace más pequeño... Todo, menos su hija.

Puso la mano sobre la de Lili. Solían hablar con las manos. Ella no sabía cuánto apreciaba su hija el lenguaje de sus dedos frescos.

—Me alegro por ti, Lili.

Lili guardó silencio. Sentía cada movimiento de la mano de su madre sobre la suya, la dureza de sus uñas rascando su muñeca, el frío contacto de sus anillos: ... *Hazte anillos con ellas, 'pa' tus manitas...*

—¿Y mañana?

Su madre miraba a los ojos, directamente.

—¿Habéis quedado, tus amigos y tú?

—¿Con Pepa y Héctor?

Pensó en lo que debía decir. Formaba parte de su amistad con ellos. Estaba dispuesta a sacrificarla si su madre se lo pedía. Pero le iba a doler. Podía mentir, esconder una vez más su disfraz debajo del anorak azul.

—Sí. Nos los pondremos otra vez.

Su madre no respondió enseguida. Veía crecer a su hija ante sus ojos.

—Bien —dijo por fin.

Parecía mentira, pero sólo habían pasado cuatro días. El lunes, Lili había sentido el mordisco de la vergüenza, las burlas de sus compañeros. El viernes...

El viernes fue un día hermoso. No había puré de patatas viejas sobre Sopasosa. En el autobús, Lili no tardó en encontrarse a Julen Guerrero. Era una compañera de su clase que parecía el hermano pequeño del guapo jugador del Bilbao.

—¡Lili!

Se había puesto su uniforme del Bilbao y llevaba el balón debajo del brazo.

—Estoy con vosotros —le dijo a Lili.

—Gracias.

Se sentó junto a la ventanilla. Sopasosa no parecía tan triste. En la siguiente parada subió Spiderman.

—¡Eh, Lili, a ver qué dice hoy don Maullido!

Y en la otra parada, Peter Pan. Y los gemelos López iban de Power Rangers...

En total eran doce. La entrada en clase de los doce disfrazados fue apoteósica. Sólo faltaban los fuegos artificiales y los confetis. Los que no se habían disfrazado también se unieron a la fiesta.

—¡Que viene don Maullido!

El vigía apostado en la puerta corrió hacia su pupitre después de dar la alarma. Todos ocuparon sus puestos y se hizo un silencio tenso. La temperatura del aula parecía haber subido cinco grados.

Don Mauricio entró despacio. La cartera colgaba de su mano como si llevara piedras. Miraba hacia los pupitres sin hacer ningún gesto. Llegó hasta su mesa, apartó la silla y se sentó en ella.

Estuvo tanto rato inmóvil, sin decir una sola palabra, que los niños comenzaron a moverse. Como un árbol al que de pronto agita levemente la brisa. Un murmullo comenzó a levantarse. Parecía que fuera a estallar una tormenta y que de la mesa del profesor fuera a salir un rayo destructor.

«Programa y disciplina, programa y disciplina», se decía don Mauricio. Su vida desfilaba por delante de sus ojos. Miraba a los pequeños, a sus ojos, y veía a todos los alumnos que había tenido en su vida. Cientos de niños, tal vez miles. ¿Qué habían sacado de él? ¿Se acordaban de don Mauricio? ¿De don Maullido, siquiera? Tal vez los primeros, en aquel pueblo de la sierra. Lo habían pasado bien, les había enseñado cosas. Pero enseguida habían comenzado los problemas, los tropiezos. ¡Programa y disciplina! ¡Sin salirse de la fila! ¿Y los niños?

Despegó los labios. Ahí estaban. La pequeña Libertad, con su disfraz de bailarina, parecía un hada del bosque. Y el niño gitano, Héctor: orgulloso y guapo, como siempre, pero ahora aún más; desafiante, como Pepa, con sus absurdas hojas muertas pegadas al pelo. Y muchos otros niños disfrazados. Los contó mentalmente: doce. ¿Qué recordarían de don Mauricio? ¿Qué aprenderían con él?

Se dijo: «Sé valiente. Atrévete a parecer un cobarde. Ellos, al menos, habrán aprendido algo. Sé valiente».

—Lección decimonovena, página...

—¡Bieeeeeeeen!

A nadie le pareció un cobarde. A nadie.


Entre un lunes y el siguiente cabe un mundo. Aquel fin de semana, tampoco vino el padre de Lili a Sopasosa. El coche seguía averiado, o la gripe, o la visita, o todo a la vez. Lili pensó en él, de noche. Cuando se volvieran a ver, ella habría cambiado completamente. ¿Lo notaría? Su padre era listo, y se fijaba en ella. Lo notaría, estaba segura. Lili se miraba en el espejo y notaba cambios sutiles. En sus ojos, en su mirada, en su piel. Se parecía a la de Héctor en el orgullo.

El lunes la madre de Lili la acompañó hasta cerca de la parada del autobús, pero no quiso hacer lo que —lo sabía muy bien— no hacía casi nunca. A unos cincuenta metros de la parada se detuvo.

—Un beso.

Lili se puso de puntillas. La piel de su madre estaba tibia, un poco enrojecida. Y sus ojos brillaban.

—Hasta luego.

Se separaron. Lili caminaba hacia su lunes, hacia su fiesta de disfraces. Su madre se volvió y espió desde lejos. Otros niños disfrazados se habían acercado a ella y la rodeaban. Luego llegó el autobús, se tragó a los niños, y se fue hacia el colegio.

No había fallado ni uno. Todos llevaban sus disfraces. La clase de Lili causó una verdadera conmoción en el colegio. Todo el mundo, alumnos y profesores, sabía lo que había pasado. Se oía hablar en todos los recreos de una niña de la clase de don Mauricio —¿Cómo se llamaba? Casi nadie lo sabía— que se había disfrazado al día siguiente de la fiesta... Después, sus compañeros...

En el aula no había risas histéricas. Todos los niños estaban excitados y nerviosos, alguno incluso vaticinaba un verdadero desastre: castigos colectivos, todo el año sin recreo, suspenso general, todo el mundo a repetir. Pero los demás no los escuchaban. Nada de eso importaba. Lo importante era la fiesta de disfraces. Tenía que haber sido el lunes anterior, de acuerdo. Pero el lunes no había habido fiesta. La fiesta era este lunes, la única fiesta de carnaval de todo el mundo.

Lili se sentó en su pupitre. Sus ojos estaban clavados en la puerta.

—¡Bravo, Lili!

—¡Todos disfrazados, todos!

Pero Lili no oía a nadie.

—¡Has estado genial!

—¡Li-li, Li-li!

Lili sabía que faltaba alguien para que la fiesta fuera perfecta.

Entonces se oyó el ruido del picaporte, y la puerta de la clase se abrió, como todos los lunes.

*Francisca se quedó en silencio. Habíamos vuelto al coche y yo conducía despacio. El silencio se prolongó durante un minuto. Yo esperaba. Al fin miré de reojo hacia la directora. Las luces de un camión iluminaron su rostro.*

*—¿Y...? —pregunté—. ¿Qué pasó cuando se abrió la puerta?*

*Francisca se rió. Era la primera vez que oía su risa desde que le había enseñado a jugar a «Filipinas para mañana».*

*—¿Qué quiere, que le diga quién y cómo entró por la puerta? —me preguntó—. ¿Y que en el pelo de Pepa-*

labras escriba la palabra «Fin»? Ninguna historia se acaba. Lo del «fin» es un invento de los escritores y de los directores de películas para poder comer. Pero ninguna historia se acaba nunca.

Habíamos llegado. Quité el contacto. Esperaba algo más, pero Francisca me tendió la mano.

—Gracias por escucharme.

Se la estreché. Me di cuenta de que no iba a saber quién era ella en la historia de Lili.

—Gracias por contármela. Aunque todavía no sé si es una historia triste o alegre.

Salió del coche. Luego se inclinó sobre la ventanilla.

—Ni triste ni alegre —dijimos los dos a la vez.

—Filipinas para cuando nos volvamos a encontrar.

—Sí. Filipinas.

Y se perdió en las sombras. Andaba ligera, muy ligera. Como de puntillas.

# Índice

# EL BARCO DE VAPOR

## SERIE ROJA (a partir de 12 años)